유토피아를 꿈꾸며

김정애 시집

순수한 열정으로 문학과 사랑에 빠진 시인 김정애

김정애 시인의 시를 보면 운율은 밝고 경쾌한 느낌에 세련되고 매끈하게 잘 다듬어져 있다는 생각이 든다. 한 폭, 한 폭 그림을 그려놓듯 눈과 마음으로 감상할 수 있는 자연을 담은 시풍을 볼 수 있고, 자기의 개성과 자신의 문맥을 거침없이 써 내려간 작품들 속에서 시인이 말하고자 하는 이야기를 함께 감상할 수 있다. 요즘 문화예술가들을 보면 다문화 예술을 하는 작가들을 자주 볼 수 있다. 참 부럽고 누구든 해보고 싶은 꿈이며, 간절한 바람일지도 모른다. 그런 점에서 본다면 김정애 시인은 참 재주가 많은 문학인이다. 문화예술에 온몸을 바치는 열정이 부럽다. 詩는 표면적으로 드러나는 일차적인 자연의 모든 것과 내면적으로 표출하는 감정, 서정적인 것이 상호관계를 이루며 내적 비밀을 언어예술로 표현하는 것이기에 김정애 시인은 문화예술과 연애 중인지도 모른다.

시를 쓰기 위해 적지 않은 나이에 국문과를 졸업하는 열정으로 시를 보급하고 알리기 위해 시낭송을 배우고, 시낭송지도자 자격증까지 취득하는 정열이 김정애 씨에서 또는 누구의 엄마에서 시인으로, 시낭송가로 그리고 그림까지 배우고 싶다는 종합문화예술가로 탄생시켰는지도 모른다. 무한한 가능성을 지닌 시인이기에 많은 독자의 사랑과 동료 문우의 인정을 받는 시인이 “유토피아를 꿈꾸며” 오늘도 노력하며, 공부하는 시인으로 살고 있는지도 모르겠다. 현대시를 대표하는 명인명시 특선시인선에 선정될 만큼 탄탄한 실력으로 많은 독자층을 가진 김정애 시인이 꿈꾸는 유토피아에서 만날 수 있기를 바라며, 김정애 시인의 첫 시집 “유토피아를 꿈꾸며”를 기쁜 마음으로 추천한다.

사단법인 창작문학예술인협의회 이사장 김락호

시인의 말

세월의 빠름과 덧없음을 절감한다.
부푼 꿈을 안고 우면산 나무의 소망이란 곳을 통해
등단한 지가 십 년 가까운 세월이 흘렀으니 말이다.
나의 게으름을 탓하며.
마음으로는 어머니에 대한 절절함,
그리움을 모티브로 쓰고 싶었는데
정작 시를 쓰려 하면 사랑 밖에
떠오르질 않으니 나의 뇌 구조가
의심스럽다.
십 년이란 세월이 무색하게
너무도 졸작들을 세상에 내놓으려 하니
조금 쑥스럽기도 하지만
용기를 내어 나의 분신들을
세상에 던진다.
그동안 나의 뮤즈가 되어준 임들께
감사드리며 나의 노래가 세상으로
나올 수 있도록 힘이 되어준
세 딸에게도 사랑의 마음을 전한다.

시인 **김정애**

★ 1부 : 사랑이어라

★ 2부 : 고향 그리고 어머니

★ 3부 : 꽃을 품다

★ 4부 : 아름다웠다 말하리!

QR 코드 스마트폰으로 QR 코드를 스캔하면 시낭송을 감상할 수 있습니다.

제목 : 유토피아를 꿈꾸며

시낭송 : 김기월

제목 : 누에 나비의 꿈

시낭송 : 박태임

제목 : 쑥차 한 잔
그리움 한 방울

시낭송 : 장선희

제목 : 홍랑

시낭송 : 조서연

제목 : 사랑의 기쁨

시낭송 : 박순애

제목 : 막걸리 연가

시낭송 : 김이진

제목 : 비원

시낭송 : 정연희

제목 : 귀향

시낭송 : 박영애

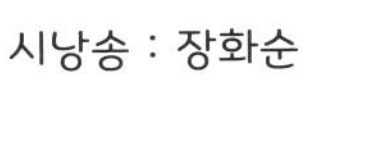

제목 : 엄마의 두부

시낭송 : 장화순

제목 : 배앓이

시낭송 : 장선희

제목 : 한 사람이 있습니다

시낭송 : 박영애

제목 : 담쟁이

시낭송 : 김이진

제목 : 철원평야에서

시낭송 : 조한직

제목 : 가을엔

시낭송 : 김정애

제목 : 꽃은 다시 피어나고

시낭송 : 김기월

제목 : 불놀이

시낭송 : 박영애

1부 : 사랑이어라

열매 맺는 나무 몇 그루
작고 귀여운 야생초
이름 모를 새들의 속삭임

사랑하는 이와 함께라면
어디인들 어떠하랴

유토피아를 꿈꾸며

바람을 따라서 허공에 맡기니
운무 속 살포시 내려놓는다.

그곳은 포근히 안주하고 싶은 곳
바람을 따라서 날아간 그곳엔

태초에 에덴동산 같은
젖과 꿀이 흐르는 곳

나를 위해 준비된 그곳엔
아담이 있었다.

열매 맺는 나무 몇 그루
작고 귀여운 야생초
이름 모를 새들의 속삭임

사랑하는 이와 함께라면
어디인들 어떠하랴

푸른 산호초와 함께
바닷속 춤을 추리
새가 되어 아름다운 노래 부르리

물고기 한 마리 몇 알의 열매로
충분한 만찬을 즐기리라

사랑하는 이만 있다면
아! 사랑만 있다면

그곳은
내가 꿈꾸는 유토피아

제목 : 유토피아를 꿈꾸며
시낭송 : 김기월
스마트폰으로 QR 코드를 스캔하면
시낭송을 감상할 수 있습니다.

딸들에게

해거름에 내게 찾아온 딸들아!
숱한 고난을 헤치고 성난 파도를 넘어
어여쁘게 성장해 이젠
어엿한 사회의 일원이 되었다.

엄마로서 해줄 건 잔소리보다는
너희의 표상이 되어 열심히 공부했고
너희와 대학을 같이 마쳤지
자랑스러운 엄마로 거듭나기 위해

엄마의 부족함 때문에 대학 장학금
용돈도 너희의 피땀으로 충당했고
힘들고 고단한 역경을 극복해줘서
지금의 뿌리 깊은 너희가 있으리라

높은 산이 가로막혔을 때 서로 손잡고
성난 파도가 넘실댈 땐 부둥켜안고
이 또한 지나가리라 울면서 기도했지
열 아들 부럽지 않은 나의 세 딸아

남아선호사상에 이리 치이고 저리 치여
눈물 콧물 쏙 뺄 때도 난 절대 후회 없었어
난 엄마로서 늘 행복하단다.
지금의 자랑스러운 세 딸이 있으니

누에 나비의 꿈

침잠해 멈춰 버린 시간과 공간
어둠을 뚫고 미명이 밝아 온다.

누에는 푸른 꿈을 꾸며
사각사각 이파리를 갉는다.

급할 건 없다.
급한 건 인간의 몫
예쁜 나비가 될 꿈에
아주 천천히 임무에 충실하다.

찰나의 사랑 찾아
깊은 어둠 속을 감내한
굼벵이의 간절한 숙원처럼
누에는 도를 닦고 또 닦는다.

누에고치 나비의 꿈
명주실로 비단옷 고이 삼아
푸른 눈썹 하얀 옷 곱게 차려입고
임을 찾아 멀리멀리 나는 꿈을 꾼다.

제목 : 누에 나비의 꿈
시낭송 : 박태임
스마트폰으로 QR 코드를 스캔하면
시낭송을 감상할 수 있습니다.

철새는 날아가고

날은 어둑어둑 저물고
아득한 저편에서 밀려오는 저녁노을
갑자기 철새 한 마리 푸드덕
날개 활짝 펴고 힘차게
창공으로 날아오르더니
석양 속으로 사라진다.

뒤도 안 돌아보고 가버린 철새
내 그럴 줄 알았지만
매정한 철새는
깃털 한 가닥 남기고
멀리멀리 떠났다.
가려거든 흔적 없이 가버리지
깃털은 왜 흘렸나

철새는,
언젠가 또다시 오겠지만
이젠 다시 손 흔들지 않으리.
나무에 노란 리본 매달지 않으리.
내년엔 내 나무에 앉지 마라!
이젠 내 나무에서
영원히 떠나지 않는 텃새만을 사랑하리니.

도리화가(桃李花歌)

제 이름은 진채선입니다.
조선 말 무녀의 딸로 태어나
불우한 삶을 살다 늦은 나이에
판소리의 거장 신재효 스승님을 만났습니다.

남성들의 전유물이던 판소리
피를 토하는 혹독한 훈련 끝에
전 스승님과 전국 장시를 떠돌며
소리에 목말라 하던 서민들의 유일무이한
여성 최초의 판소리 명창으로 명성을 떨쳤습니다.

우연은 필연을 가장한 운명적 모순
질경이처럼 질긴 사랑
마음 여린 제게 연모의 감정이 노두(蘆頭)처럼
언 땅속에서 움트고 싹을 틔우고 꽃을 피워냈습니다.

그러나 연모도 사랑도 할 수 없는 가혹한 운명
경복궁 낙성연에 초빙되어 명성은 떨쳤으나
흥선 대원군의 첩실이 되어 운현궁에서의 삶
임도 절 잊지 못하여 도리화가를 지었답니다.

바람을, 구름을 타고 간 영원한 그곳에서
꿈에도 그리던 임을 만나
전 멋들어지게 판소리 한마당을 구연합니다.
들리시나요? 제 춘향가 한 대목이.

쑥차 한 잔 그리움 한 방울

절대 고독과 씨름하던 내적 갈등은
밤새 불면과 깨질 듯한 고통을 수반하고
급박하게 밀려오는 외로움은
절절한 그리움이다.

이런 날이면
넓은 창가에서 따스한 햇살 맞으며
다정한 사람과 마주 앉아
쑥차 한 잔 마시고 싶다.

잔뜩 찡그린 날씨가 내 마음을 닮았다.
창가에, 햇살과 갈증으로 아우성치는
가녀린 초록이들은 내 몸을 닮았다.

이것저것 영양공급을 위해
고군분투하는 고마운 손길
나도 초록이들에게 생명수를 공급한다.

푸른 생명은
한 잔의 생명수로 생기를 얻고
난 정성껏 준비한 양식으로 힘을 얻는다.

저 산 너머 희미한 저녁노을
모락모락 피어나는 쑥차의 향연
멀리서 들려오는 스콜피언스의 멋들어진 선율
난 쑥차 한 잔에 그리움 한 방울 타서
조금씩 천천히 마시고 또 마신다.

제목 : 쑥차 한 잔 그리움 한 방울
시낭송 : 장선희
스마트폰으로 QR 코드를 스캔하면
시낭송을 감상할 수 있습니다.

밥 퍼

청량리 굴다리 밑을 지나 터를 잡은 곳
풍성한 사랑이 넘치고 따뜻한 밥이 있는
기쁨과 사랑으로 봉사의 손길이 춤을 춘다.

길거리에서 천막으로 시작해 온갖 고생
청결한 주방과 넓은 식당 맛깔스러운 반찬
주일엔 어린 학생들이 엄마 손을 잡고 오는

아무런 조건 없이 주님의 사랑을 전하는 곳
받음보다 나눔의 기쁨이 더 크다는 걸 알았네.
세상은 아직 살만한 곳이니 그 사랑 영원하리!

외로운 심상

그대의 그윽한 눈빛과
사랑의 향기를 보았습니다.
그댄 절 사랑했습니다.
저도 그댈 연모하였습니다.
꿈속에서.

예전의 꿈에선 멀리 계셨지만,
어젯밤엔 그러지 않으셨습니다.
절 꼭 감싸 안아 주셨습니다.
외로운 제 심상을 아시는 듯
꿈속에서.

그러나 모든 것은 연기처럼 사라지고
꿈도 사라져 버렸습니다.
다시 또 홀로 남겨졌습니다.
그대의 눈빛과 그대의 향기가 그리워
가여운 한숨을 짓습니다.

홍랑

전 당신을 존경하는 한 사람입니다.
기녀는 들에 핀 꽃과도 같다 했는데
뭇 남성들의 구애에도 굴복하지 않고
지극한 순애보로 사랑을 했으니 말입니다.

전 당신을 존경하는 한 사람입니다.
어쩔 수 없는 이별을 할 때
묏버들 가려 꺾어 시로 엮어 임을 보내고
양계의 금에도 굴하지 않았으니 말입니다.

전 당신을 존경하는 한 사람입니다.
고죽이 相思(상사) 로 사경을 헤맬 때
칠일 밤낮을 먹지도 자지도 않고 천 리 길을 달려가
지극정성 병구완하여 임을 살려냈으니 말입니다.

전 당신을 존경하는 한 사람입니다.
임이 세상 버리고 영원한 곳으로 갔을 때
얼굴에는 자상을 내고 숯덩이 삼켜 벙어리 되어
고운 모습 버리고 꿋꿋이 삼 년 상을 치러 냈으니 말입니다.

전 당신을 존경하는 한 사람입니다.
그리고 당신의 사랑이 부럽습니다.
전 그리 하지 못하였으니 말입니다.

제목 : 홍랑
시낭송 : 조서연
스마트폰으로 QR 코드를 스캔하면
시낭송을 감상할 수 있습니다.

사랑의 기쁨

사랑이라 하겠습니다.
감히
제게 사랑은 없을 줄 알았습니다.
가랑비처럼 다가온 그대
이젠 나의 일부가 되어
떨쳐버릴 수가 없습니다.

순정이라 하겠습니다.
감히
제게 순정은 없을 줄 알았습니다.
이슬비처럼 슬쩍 내려와
이젠 저의 영혼까지 잠식시켜
어찌할 도리가 없습니다.

그리움이라 하겠습니다.
감히
제게 그리움은 없을 줄 알았습니다.
소나기처럼 마구마구 퍼부어
세차게 가슴을 때립니다
그래서 전 침몰 되었습니다.

제목 : 사랑의 기쁨
시낭송 : 박순애
스마트폰으로 QR 코드를 스캔하면
시낭송을 감상할 수 있습니다.

당신이 제게 선물한
그것은 사랑의 기쁨입니다.

막걸리 연가

막걸리는 그리움을 타고 흐른다.
그리움은 강물 되어 흐르고
그의 보일 듯 말 듯 한 실루엣이 된다.

그의 허기를 달랬던 술지게미
난 외로움에 허기져 막걸리 한 잔을 마신다.

그 한 잔은 나의 혈관을 타고 흐르고
폐부 속 깊은 곳까지 뜨거워진다.

이 설렘과 이 떨림은 무엇일까?
그 옛날 연애하던 감정과 또 다른 무엇이다.

분명한 것은 난 그를 모른다.
그도 나를 모른다.

그러나 우린 너무 닮았다.
거울 속에 비친 내 모습처럼
그는 거울 속의 내 모습이다.

제목 : 막걸리 연가
시낭송 : 김이진
스마트폰으로 QR 코드를 스캔하면
시낭송을 감상할 수 있습니다.

연리지

천년의 사랑 연리지
뜨거운 가슴으로 갈망하다
하늘의 허락하심을 받았노라

사랑하는 이를 위하여 목숨까지
내놓은 그런 사랑을 해보았는가?
내 모든 수액을 빼앗겨도 나는 그대만을 사랑하리

비익조처럼 비목어처럼
영원한 아름다움 연리지
우린 모두 연리지 사랑을 꿈꾸리라

영원히 함께하고픈 연리지 사랑을
이 생명 다하여도 변치 않는 연리지 사랑을.

시월에

마음의 빗장을 열고 드리워진 커튼을
살며시 걷고 보니 당신이 서 있네요.

이 가을은 내게 친구가 되어준
아름다운 산과
당신이 있어 행복합니다.

어떤 이들처럼 요란을 떨며
천둥처럼 왔다가 흔적도 없이 사라지는
당신은 그런 사람 아니겠지요.

가을은 슬픈 계절로만 알았건만
소소한 일상 속에 촉촉이 젖어 드는
당신

작은 배려와 날 향한 지극한 마음씨
전 매료당했지요.

이 가을이 아름다운 건
당신이 있기 때문입니다.

연서

임이 지나시는 길목에 전 서 있습니다.
행여나 날 향해 웃음 지어 주는가 하여
사슴의 모가지를 하고
기다리고 기다리고
보고 또 보고
행여 지나시다
내게 웃음 웃어 줄라치면
전 세상을 다 얻은 듯

만남이 있으면 이별도 있다는
단순한 진리를 모르는 건
아니오만,
이별이 없는 영원한 세상을 꿈꾼답니다.
영원한 우정 변치 않는 사랑
인간이 갈망하는 평범한 꿈이지요.
또한, 저의 작은 소망이기도 하답니다.

꿈속에

꿈속에 날 찾아온 당신
첫눈에 당신에게 매료당했지만
난 당신이 누구인지 몰라요.
당신을 초대한 적도 없고요.

주인 허락도 없이 불쑥 찾아온
당신이 무례하지만
난 마음을 빼앗겼어요.
얼굴에는 광채가 났고
이 세상 어디에서도
한 번도 보지 못한 천상의 얼굴

꿈인 듯 아닌 듯 비몽사몽간에
나타난 당신이지만
지금도 생생한걸요.
지금도 흠모하는걸요.

만약에 당신이
그런 당신이
현실에서 내게로 와
날 사랑해 주신다면
내 마음과
사랑과 영혼을 당신께 드릴게요.

해바라기 사랑

임을 향한 애절함이
폭포수가 되었네

바라만 보아도 마음이 편하고
바라만 보아도 가슴이 따스해지는
해바라기 사랑이여!

언제 어디서든 바라볼 수 있도록
푸르고 순수한 마음으로 그리워할 수 있도록

넓은 마음으로 하늘을 사랑하듯
임을 향한 그리움으로 가득 채울 수 있도록

해바라기 사랑이여
그냥 그곳에 머물러 다오.

제 마음이 하나되게 하소서

한 하늘에 태양이 둘이 없듯이
한나라에 군주가 하나인 것처럼

저의 마음이 하나 될 수 있도록
이젠 저를 자유롭게 하소서!

천 갈래 만 갈래 흩어진
저의 마음 모으시고
나락으로 떨어진 자존심을
지킬 수 있는 도도함을 주시어
이젠 절 드높여 주시길,

헛된 것을 쫓지 말고 신비주의를
없애시어 한 곳만 바라볼 수 있는
정숙함을 주옵소서!

영원히 영원히
한 사랑에만 충실할 수 있도록
제 마음을 모으소서
날 향한 지극한 사랑

근신하고 자숙하여
그의 지극함을
온몸으로 느끼게 하소서!

썩어질 것에 연연하지 말고
영원을 갈망하게 하소서!

비원

꿈속에서 난 당신을 향하여
웃음 지었지요.

핑크빛 가슴을 하얗게 지우고 나니
마음이 편해졌습니다.
제 마음은 하얀색입니다.

저의 하얀 종이 위에 예쁘게
그림 그려줄 이 어디 없나요?

누구든 환영합니다.
제 마음에 예쁜 색으로
꽃밭을 그려 주시고
나비도 그려주세요.
하지만,
날아가지는 말아 주세요.

영원의 기억 속에만 머물러 주세요.
존재하지 않는 공간이어도 좋습니다.
제 마음에 아름다운 색채로만 그려주세요.

사랑으로 충만해지고 싶어요.
서로를 향하여 웃음 지으며
먼 지평선,
같은 곳을 바라보며
예쁜 그림을 그리고 싶어요.

제목 : 비원
시낭송 : 정연희
스마트폰으로 QR 코드를 스캔하면
시낭송을 감상할 수 있습니다.

사마귀의 사랑

당신의 사랑도 그러하지요
자기를 희생시켜 마지막 목숨까지
내놓은
수 사마귀의 위대함같이

날 그리 사랑한다는 걸
이제야 알았어요

최상의 순간에
자신의 모든 것을
다 내어준 숭고한 사랑

거미처럼
가시고기처럼
완전함을 위하여
위대함을 위하여

희생제물이 되어준
사마귀의 사랑

당신의 사랑도 그러하다는걸
난 알고야 말았습니다.

당신의 마음은

호숫가 잔잔히 수놓은 안개처럼
어둠 속 희뿌연 그림자
잡으려면 달아나고
돌아서면 다가서는 당신은
미로 속 거울 같아요

죽을 만큼 가슴이 저려도
미움과 사랑의 비례함을
속 울음 삼키며
거짓 몸짓으로
난 당신에게 말해요

하늘과 땅이 영원하듯
겨울이 지나면 봄이 온다고
어두운 밤이 지나면 아침이 온다는
당신의 그 말은
당신의 마음은 어둠 속 미로 같아요.

눈물 한 방울

붉게 솟아오른 일출
당신과의 만남이 그러했음에

희망은 사라지고 낙심만이 가득할 때
따스한 손길로 내게로 찾아온 당신

절망의 늪에서 건져
아름다운 꽃으로 승화시킨
감사함에 눈물 한 방울

당신은 내 삶의 모든 것
제가 존재하는 의미를 부여해준 당신

아름다운 노을에 감싸 안긴 석양처럼
나도 당신에게 안길 수 있음에
행복한 눈물 한 방울 흘립니다.

홀로 사랑

소리 없이 다가왔습니다.
가랑비처럼 내려와 저의 옷을 적셨습니다.
태고의 신비처럼 함부로 범할 수 없는
당신은 고귀함이었습니다.
주체할 수도 감당할 수 없는
그 무게에 눌려 저의 가슴은 미어집니다.

그렇다 하여 전 그 무거움을 외면할 수가 없습니다.
기꺼이 숙명으로 받아들이렵니다.
형용할 수 없는 이 아픔을 찬란한
꽃으로 승화시키겠습니다.
임은 그냥 그대로 거기에 계십시오.
전 이대로 여기서 임을 바라볼 테니까요.

2부 : 고향 그리고 어머니

붉게 솟아오른 일출처럼
온누리 비추는 아침 햇살처럼
찬연하거나 눈부시진 않지만
모닥불처럼 마음 따뜻한
한 사람이 있습니다.

귀향

들꽃이 부른다. 어서 오라 손짓한다.
뒷동산의 금강송 위엄과 위풍당당함으로
우릴 감싸 안는다.

고갯마루 언덕배기에 넋을 잃고 기다리는 임
그 임이 그리워 귀향을 준비한다.
고향, 어머니 품속같이 아늑하고 평온한 곳

그곳엔 날 기다리는 임들이 있는 곳
그 임들이 뼈에 사무쳐 귀향을 꿈꾼다.

앞 개울엔 물고기가 춤추고
뒷동산엔 종달새가 노래한다.
그곳이 그리워 향수병을 앓는다.

어서 가야지 어서 가야지
들꽃이 기다리는 그곳으로
어서 가야지 어서 가야지
임이 기다리는 그곳으로

어서 가야지.

제목 : 귀향
시낭송 : 박영애
스마트폰으로 QR 코드를 스캔하면 시낭송을 감상할 수 있습니다.

시래기나물

처마 밑에 주렁주렁 시래기가 걸렸다.
그해 겨울 양식이다.
칫, 난 안 먹을 거야
울 엄만 김장김치 동치미 땅속에 묻고
쌀 한 가마 큰 독에 그득 담고서
처마 밑에 매달린 누런 시래기
가마솥에 푹 삶아 물에 담근다.
겨우내 김치에 시래깃국
골골대던 막내는 밥알을 센다.
밥 안 먹어 비쩍 마른 아픈 손가락
군인 가족 찾아가 얻은 진간장
참기름에 깨소금 싹싹 비빈다.
어쩌다 들기름에 달달 볶은 시래기
"엄마 이건 먹을만하네"
엄마의 시래기나물이 그리워
온갖 양념에 들기름 넣고 시래기를 볶았다.
"에구구 맛이 왜 이래?"
있는 양념 없는 양념 신의 한 수까지
엄마의 시래기나물은 양념 없이도 맛났는데

엄마의 시래기나물이 먹고 싶다.

엄마의 두부

사변이 끝나고 홀로 남은 엄마는
친정 땅이 제법 있었다.
혼수로 해온 땅
밑 빠진 독에 물 붓기
헐값으로 야금야금
찢어지게 가난했던
아버지 덕분으로 땅때기는 다 날리고
마지막 보루로 두부 장사를
시작한다.

판로도 개척 안 해놓고
계란으로 바위 치기
학교 다녀오면 난 할머니와
매일 맷돌을 돌렸고
가마솥에 불 때고 콩 자루 붙잡고
만들어진 두부는 간간이
군인 가족들의 식재료가 되었고
꼬부라진 허리로
두리함지박에 이고 꼬불꼬불
비탈길 두부를 팔러 다니셨다.

잘 팔리면 발걸음이 가볍지만
안 팔리면 몸도 마음도 지친다.
팔다 팔다 안 팔려서 맛이 살짝 간 두부
화로에 껍질 벗긴 싸릿가지 올려놓고
굵은 소금에 고춧가루 발라
노릇노릇 굽는다.
두부를 싫어했던 난
구수한 싸릿가지 향내 나는
두부는 조금 먹었다.
그렇게 엄마는 어렵게
우릴 키워내셨다.

그땐 싫었던 엄마의 두부가
오늘은, 가슴이 저리도록 먹고 싶다.

제목 : 엄마의 두부
시낭송 : 장화순
스마트폰으로 QR 코드를 스캔하면
시낭송을 감상할 수 있습니다.

철원평야에서

뚜루루루 뚜루루루 두루미
노랫소리도 아름다운 두루미

고고한 너의 자태 너의 맵시
한참을 넋을 놓고 프레임에 담았다.

드넓은 평야에 오손도손 서너 마리
넌 가만히 있기만 해도 경이 그 자체

도도한 모습에 날갯짓하면
황홀한 옛 선비의 고결한 학춤이 부활한다.

너의 품성은 자태만큼이나 순결하다지
다정스레 같은 곳을 바라보는 단정학

임을 향한 곧은 절개는 소문 무성하고
임을 향한 일편단심 고귀한 꽃이 되었네

나래 활짝 펴고 창공으로 비상하면
너의 우아함, 장엄함 뉜들 따라오랴

뚜루루루 뚜루루루 두루미
울음소리도 아름다운 두루미

제목 : 철원평야에서
시낭송 : 조한직
스마트폰으로 QR 코드를 스캔하면 시낭송을 감상할 수 있습니다.

동장군의 허세

고석정에서 임꺽정을 만나고 동양의 협곡
한탄강을 끼고 멋들어진 주상절리

승일교 옆 대 장관의 빙벽에서 한 컷
거대한 빙벽은 힘없이 뚝뚝 사라지고

옆구리에 칼 찬 위엄 있는 동장군은
칼 한번 휘두르지 못한 채 맥없이 쓰러진다.

백운계곡 동장군은 안녕하신가 하여
지나가는 길손 잠시 걸음 멈추고 안부 물으니

포천 동장군께서도 시름시름 자리 보존이라
푸른 송자송 둘러싼 기암절벽에 마음 달래고

아쉬운 발걸음 떨어지질 않아 한숨만 푹
겨울은 겨울다워야 일 년 농사가 잘 된다는데.

철원 기행

고석정에 주차하고 안보 사무실에
주민등록증 제시하고 인원 몇 명 점검한다.

선두엔 문화 해설사를 태운 차량
민통선이니 바쁠 거 하나 없다.

철원평야를 가로질러 운행하니
왜가리 한 마리 힘차게 비상하고

논에서 노니는 재두루미 세 마리
단정학 두 마리가 사랑 꽃 이야기꽃

다음 코스는 무시무시한 제2 땅굴
북측에선 아무리 우겨도 남쪽을 향한 정 자국

전망대에서 보이는 비무장 지대
야금야금 땅따먹기 한 북측 초소가 지척

궁예가 심혈을 기울여 건설했다던 태봉
궁궐과 성곽, 도로 정비가 잘 된 초가삼간

철원 두루미 관에는 두루미와 독수리
온갖 철새가 사실감 있게 박제되었고

마지막 코스 월정 역, 철마는 달리고 싶다
점심 드시러 가신 역장님은 66년 동안 부재중

내 고향 철원엔 가슴 아픈 역사가 서려 있고
안보에 등한시했던 난, 애국심이 불탄다.

산정호수 가는 길

창밖으로 펼쳐지는 산벚나무들의 대향연
의정부에서 운천까지의 구간

키 작은 언니는 도착하여 기다리는데
버스는 엉금엉금 덜컹덜컹 느림보다.

마음은 조급하나 눈은 황홀경
푸름과 연분홍의 조화로움

길가엔 목련이 노래하고
산에는 벚꽃이 춤을 춘다.
게으른 날 위한 조물주의 배려시다.

운천에서 우연히 탄 사촌 오라비의 택시
달려라. 달려!

연인들은 쌍쌍이 팔짱 끼고 거닐고
여기저기 웃음소리 셔터 소리

화원엔 올망졸망 귀여운 다육식물
카페에선 아름다운 선율 녹차라테 향기

잔잔한 호수는 비늘처럼 반짝이고
호수에서 난 시 한 수를 낚는다.

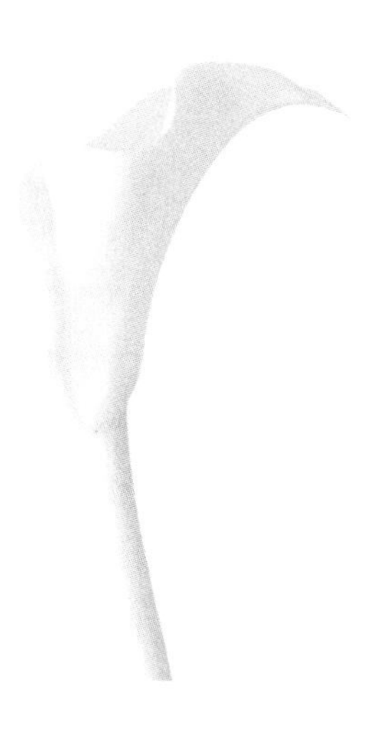

아버지와 난 닮은꼴

처녀 적 어버이날에 직장에 휴가 내
신세계에서 거금 투자해 큰맘 먹고
와이셔츠와 넥타이를 샀다.
손에는 카네이션
엄마 아버지를 뵈러 달려간 고향
대문 열고 들어서니
온 집안이 썰렁
하루 쉬셔도 좋으련만
농사꾼은 휴일이 없다.
엄마는 좋아하시고 아버지는 무표정
그 후 농사꾼 아버지는
막내가 사드린 메이커를 입으신 적이 없다.

오늘 난 외출에 옷매무시하고
핑크빛 스카프를 척 걸치며
“백화점 물건은 고급스럽긴 한데
다림질하기가 귀찮아”
옆에 있던 막내
“앞으론 엄마 백화점에서 안 사줘
시장표 싸구려 물건이 좋지?”
그때 아버지는 왜 안 입으셨을까?
지금의 나와 같은 마음이셨나
고급스러운 옷은 자유를 빼앗아 버리니까
넥타이는 농사꾼을 틀에 가둬 버리니까
그래서 그러셨을 거야

겨울 꽃

당신은 겨울 꽃입니다.
차가운 제 가슴에 따스한 온기를
지피시는 순백의 사랑 꽃입니다.
겨울에는 꽃이 없다고 말하지 마세요.
봄의 매화보다 여름의 난초보다
가을의 국화보다도 아름다운
당신은 마음 꽃입니다.

당신은 겨울 꽃입니다.
얼음장같이 차가운 제 손을 녹이는
뜨겁게 타오르는 정렬의 불꽃입니다.
겨울에는 꽃이 없다고 말하지 마세요.
봄의 수선화보다 여름의 장미보다
가을의 코스모스보다 아름다운
당신은 사랑 꽃입니다.

눈이 내리는 날이면

하얗게 온 천지를 뒤덮으면
천방지축 동네 강아지들은
이리 뛰고 저리 뛰며 신나고
아이들은 눈싸움에 눈사람

최전방 흰 추위 대단했던
백골 부대 자식 보낸 아비는
먼 길 마다치 않고 한달음에
부대 앞 눈길을 고이 쓸었다.

함박눈이 펑펑 내리는 지금
아이들은 출근 준비 바쁘고
혹여나 행여나 넘어져 다칠까
한 계단 한 계단 계단을 쓸며

울 엄니도 날 위해 그리 하셨지
쓸던 빗자루 위로 뜨거운 물이
눈송이와 함께 하염없이 흐른다.
함박눈이 펑펑 내리는 지금.

배앓이

골골거리는 막내는
매일 배가 아프고 머리가 아프다 했습니다.
걸핏하면 학교도 빼먹고 자리보존입니다.

엄마는 항상, 엄마 손이 약손이다.
저의 차가운 배를 따듯한 손으로 문지르시며
노래도 불러 주셨습니다.

아버지의 엄하신 훈계도 무서운 회초리도
우리 엄만 사랑의 손길로 다 감싸 주셨습니다.

전 지금 배가 많이 아프고 차갑습니다.
엄마의 따듯한 약손과 노래가 필요합니다.

하지만 엄마는 하얀 겨울날
다시는 돌아올 수 없는 강을 건너셨습니다.
엄마의 따뜻한 손은 더 이상 없습니다.

거칠어 손이 쩍쩍 갈라졌지만
따듯했던 손이 무척이나 그립습니다.
음정, 박자는 틀리지만 구수하고 애잔한
엄마의 노래가 지금 제게 필요합니다.

아픈 손가락이었던 막내는
그리움이 사무쳐 텅 빈 가슴을 부여잡고
엄마 대신 노래를 부릅니다.
엄마 손이 약손이다.

제목 : 배앓이
시낭송 : 장선희
스마트폰으로 QR 코드를 스캔하면
시낭송을 감상할 수 있습니다.

낙엽 마르는 냄새

가을이 떠나는 길목에서
낙엽 마르는 냄새를 맡는다.

사랑스러운 안녕마을 골목길
새로 단장한 예쁜 벽화가 그려져 있고

옆으로는 높은 성벽 위 커다란 나무들
아카시아 이파리 마르는 냄새가 구수하여
콧구멍을 활짝 열어젖히고 크게 심호흡한다.

어릴 적 향수를 느끼게 해준 낙엽 마르는 냄새
작두로 썰어 놓았던 꼴 마르는
구수한 냄새와 같다.

갑자기 훅하고 후각을 자극하는 은행들의 잔해
그러나 그것까지 포용할 수 있음은
세상과 사물과 사람들을 사랑할 수 있는
마음이 생겼기 때문이다.

사랑하자!
내게 주어진 모든 것들을,
길가에 나뒹구는 낙엽도 사랑하고
흔적만 남기고 날아간 철새도 사랑하자!

가을엔

가을엔
들에 핀 들국화를 사랑하리라
금빛으로 수놓은 황금 들판을 보리라
좁은 오솔길을 걸으며 고독을 만끽하리라

가을엔
푸른 창공을 나는 새가 되리라
높고 맑은 하늘의 찬란한 태양을 보리라
넓은 창공을 훨훨 날며 자유를 꿈꾸리라

가을엔
옭아맸던 구속의 사슬을 끊어 버리고
자유로운 영혼으로 대지를 사랑하리라
들꽃과 새와 노을과 빛바랜 낙엽을 사랑하리라

가을엔
작별을 고하리라
넓은 가슴으로 세상을 품어
스러져 가는 사랑에 아름다운 작별을 고하고
새로운 사랑을 찾아 먼 곳으로 떠나가리라!

제목 : 가을엔
시낭송 : 김정애
스마트폰으로 QR 코드를 스캔하면
시낭송을 감상할 수 있습니다.

그곳이 그립다

들꽃이 부르는 그곳
흰 추위 대단하여 서리꽃 우거진 곳

소꿉동무 냄새가 아스라이 풍기고
꽃고무신 신고 고무줄놀이하던

가만한 바람 일렁일 때면 더욱 그리워
빛바랜 얼굴 그리며 가슴앓이한다.

가시센 계집애 어디서 무얼 하는지
호듯한 계집애 할머니가 되어 있겠지

헌들헌들한 그 녀석 배불뚝이 아저씨
혀짤배기 아이는 글쟁이가 되었다지

흰여울 모래밭에 돌멩이로 부엌 만들고
너는 핫아비 나는 핫어미 사이좋게 놀았지

훨찐 들판엔 들꽃이 황새목을 하고
여울목에 앉아 날 기다리는 임이 있는

그곳이 그리워 해지개 바라보며
하잔한 마음 달랠 길 없어 그곳으로 달린다.

2017년 순 우리말 글짓기 동상

낮달

날씨가 쾌청하여 하늘을 보았다.
하늘은 높고 바닷물 같은 쪽빛
일그러진 낮달이 날 내려다본다.

멀고 먼 달의 희미함 속에서 본 얼굴
찡그린 달의 모습에 내 마음도 섧다.
달은 참으로 이상스러운 얼굴을 한다.

언제는 걱정스러운 엄마 얼굴이었다가
또 오늘은 멀어져 간 그대 얼굴이다.
먼 곳에서 날 내려다보는 낮달이 애달프다.

한 사람이 있습니다

붉게 솟아오른 일출처럼
온누리 비추는 아침 햇살처럼
찬연하거나 눈부시진 않지만
모닥불처럼 마음 따뜻한
한 사람이 있습니다.

모든 이들에게 존경받지만
절대 자만하지 않으며
세상 모든 사람을 사랑할 줄 아는
한 사람이 있습니다.

외모 지상주의인 세상에
수려한 마음으로 자신을 승화시킨
순수한 매력의 소유자인
한 사람이 있습니다.

찬란한 석양처럼
아름답게 물드는 노을처럼
온 세상을 다 비출 수는 없지만
작은 촛불 하나로 주위를 밝히는
그런 한 사람이 있습니다.

제목 : 한 사람이 있습니다
시낭송 : 박영애
스마트폰으로 QR 코드를 스캔하면
시낭송을 감상할 수 있습니다.

갯버들과 봄 처녀

봉긋하게 수줍은 듯 얼굴 내민 너
강아지처럼 보드라워 버들강아지

어릴 적 너의 모습 너무 귀여워
화병에 한 아름 꽂아 놓았지

옛사랑 버들피리 꺾어 불던 곳
그 임은 어디에서 무얼 하는지

그때가 그리워 천변 찾으니
갯버들 너는 없고 선버들 가득

지금도 여울목 그곳에 가면
날 반기며 살랑살랑 꼬리 치겠지

홍랑 언니 임 가실 때 꺾어 보낸 너
나도 꺾어 임에게로 보내고 싶다.

봄의 전령 갯버들 소박한 너를
나도 닮아 포근한 봄 처녀 되리

겨울 풍경

송자송은 푸르고
밤나무는 발가벗고

한파에 거친 바람
수은주는 최고조

내 고향 철원은
스산한 동네

공원의 벚나무
오돌오돌 떨고 있고

못난이 발발이는
해님 찾아 발발발

뒷동산의 낙락장송
위엄있고 굳건하고

앞동산의 엄니 무덤
추운 남매 감싸주네

달빛 소나타

창가에 보름달이 웃는다.
엄마 얼굴이다.
밥 먹었니?

창가에 보름달이 운다.
속상하지?
달빛 가루가 떨어진다.
엄마 손길이다.

눈물 훔친다.
엄마 괜찮아
난 엄마가 있잖아

하늘에서 달빛으로
바라보는 엄마가 있어서
늘 지켜주는 엄마가 있어서

난 괜찮아
난 괜찮아.

눈물 속에 핀 꽃

작은 텃밭을 가꾸러 올망졸망 꼬불꼬불
좁은 길을 걷다 문득
쓰레기 더미에 피어 있는
작은 꽃을 보았다.

마치 진흙 속에서 찬란한 연꽃을 피워내듯
쓰레기 속 고귀한 노란 꽃 보며
우리네 인생을 생각해본다.

삶은, 아름다움과 고난의 연속
우리 인생을 어떤 꽃으로
피워내는가에 달렸거늘,

우린, 눈물과 역경과 인고 속에
피어난 아름다운 꽃
서로 사랑하며 보듬으며

눈물 속에 피어난 고귀한 꽃이 되리라!

억새꽃밭에서

명산은 명산이요, 장관은 장관이로다.
울긋불긋 단풍들이 날 향해 방긋 웃고
섬섬옥수 고운 손에 단풍 한 잎 들었으니
무엇을 더 바라며 누구인들 부러울까

인파들의 물결 속에 나 또한 합했으니
억새가 날 반기며 덩실덩실 춤을 추네.
바위를 벗으로 삼아 쑥차 향에 만취하니
궁예의 통곡 소리 아련하게 들려온다.

억새들의 향연 무희들의 춤사위
얌전한 용담은 수줍은 듯 고개 들고
임이 따준 용담을 머리에 꽂았으니
고관대작 안 부럽소. 지위 권세 우습구나.

인생은 롤러코스터

엄마의 태에서 끊어져 나갈 때
우렁찬 소리로 울부짖었다.
두 주먹 불끈 쥐고
죽지 않고 살아내야 한다고

세 살 무렵 어둠이
연약한 내 몸을 엄습할 때
울 엄니
군부대 의무실에 찾아가
울면서 아이를 살려 달라고
제발 살려 달라고

독한 약은 힘없고 가녀린 어린 몸을
삼 일이나 주검으로 만들었고
삽이 땅에 닿는 순간
극적으로 소생했으니
더 열심히 살아 내야 했다.

롤러코스터와 같은 인생이었지만
늘 최선을 다한 삶이었기에
지천명을 훌쩍 넘어선 지금은
삶에 만족하며 더 없는 행복감에
늘 감사하며 열심히 살아가려 한다.

십 년이란 세월이 무색하게

너무도 졸작들을 세상에 내놓으려 하니

조금 쑥스럽기도 하지만

용기를 내어 나의 분신들을

세상에 던진다.

3부 : 꽃을 품다

꽃은 흔들리며 피어난다고 하지만
꽃은 젖지 않고 필 수 없다고 하지만

누가 있어 머릿속 고열을 식혀주며
누가 있어 가슴속 찬바람을 데워줄까!

꽃씨를 뿌렸어요.

어제는 꽃씨를 뿌렸어요.
가시는 임 꽃바람에 잘 가시라고,
하늘거리는 봄날
거리거리에 활짝 웃는
사피니아를 보시거든
제가 심은 꽃씨가 피어난 줄 아시어요.

오늘은 꽃비가 오네요.
뿌린 꽃씨가 어서 싹을 틔워
핑크빛 사랑에 온 세상이 물들라고
촉촉한 꽃비가 와요.
거리거리에 활짝 웃는
사피니아를 보시거든
미지의 그대여!
그 향기 따라서 제게로 오시어요.

봄비의 전주곡

봄비가 오네요. 아주 오랜만에,
조곤조곤 내리는 이슬비가 좋은데
휘몰아치는 바람비가
세차게 제 가슴을 후려치네요.

그래도 좋아요.
대지가 물을 흠뻑 마셔 마른 목축이고
예쁜 꽃망울 활짝 피울 테니까요.
나무에 새싹 틔울 테니까요.

메마른 제 가슴 속 나무에도
봄비에 움이 트였으면 좋겠어요.
제 마음 정원은 아직 겨울이거든요.
봄바람 부는 날은 추워서 싫어요.

이젠, 제 정원에도 봄비가 흩뿌려졌으니
곧 꽃이 피고 새가 노래하겠지요.

꽃은 다시 피어나고

임이시여! 고운 임들이시여!
어찌하여 조선에서 태어나셨습니까?
고고한 기개 하늘 높은 시혼은
바람결에 날려 버리고
한 서린 요절을 하셨습니까!

대단한 가문의 후손으로 태어나
귀여움 받고 모두의 사랑 독차지하다
시집간 그곳
서방님은 밖으로 나돌고
시어머니는 여자가 되먹지 못하게
글을 쓴다며 온갖 구박

밟으면 더욱 강하게 고개 드는 질경이처럼
허난설헌, 이옥봉 임들도 그러하셨습니다.
조선의 가부장적 사고에 숨 막혀
난설헌 당신은 내 시를 남김없이 불태우라
이옥봉 당신은 시가 적힌 종이 칭칭 동여매고
성난 파도에 몸을 던지셨습니다.

임들의 고귀한 시는 중국에 널리 퍼져
대륙을 놀라게 했고
아름다운 꽃으로 다시 피어났습니다.
아시나요? 당신들이 흘린 그 눈물
지금도 흘리는 여류 시인이 있다는 걸,
그래도 우린 꿋꿋이 당신들의 뒤를 따를 것입니다.
꽃은 다시 피어나기 때문에.

제목 : 꽃은 다시 피어나고
시낭송 : 김기월
스마트폰으로 QR 코드를 스캔하면
시낭송을 감상할 수 있습니다.

나팔꽃

여름내 장맛비에 이파리만 무성하더니
겨우 작고 귀여운 보랏빛으로 채색됐다.

누가 심었는지, 우연히 싹을 피워냈는지
옆집 뒤뜰에 배관을 타고 오른 나팔꽃

아무도 볼 수도 없고 보이지 않는 곳에
옥상을 오르내리는 나만을 위한 외사랑

어찌 그런 곳에 매달려 쓸쓸히 피었는지
인고의 고통을 이겨낸 너는 위대한 생명

그러나 슬퍼하지 말지니 열렬한 눈빛의
내가 있으니 너밖에 모르는 내가 있으니

무서리 내리는 날 장엄하게 왔다 갔노라
시로써 너를 승화 시킨 한 시인이 있으니

마타리 꽃

감악산 오르는 길가에 다소곳이 핀 꽃
수줍은 듯 아닌 듯 노랗게 하얗게
수수한 마타리 두런두런 이야기꽃

일행들의 넋을 빼앗은 작은 들꽃들
그중에 으뜸은 노란 마타리 하얀 마타리
난 식물 해설사가 되어 들꽃 이야기 한창

길가에 노루오줌 짚신나물 석잠풀 으아리
그중 단연 돋보이는 키 크고 고고한 마타리
침 튀기며 설명하는 날 보며 웃음 짓는 꽃

날 보며 웃는 건 마타리 꽃이 아닌 임의 얼굴
아무도 모르게 마타리 꽃에 지어보는 나의 미소
마타리와 난 진하고 애절한 사랑을 나눴다.

아무도 모르게.

꽃은

바람결에 실려 온 달콤한 속삭임
꽃은 바람의 유혹에 흔들리고 말았다.

삼복더위 작열하는 열기 속에도
꽃의 가슴은 찬바람으로 서늘하다.

까만 밤은 하얀색으로 채색되고
머릿속은 공허한 회오리가 분다.

꽃은 흔들리며 피어난다고 하지만
꽃은 젖지 않고 필 수 없다고 하지만

누가 있어 머릿속 고열을 식혀주며
누가 있어 가슴속 찬바람을 데워줄까!

꽃은 말없이 빗속에서 울고 서 있다.
바람도 모르게 비도 모르게.

아네모네

먼 산을 바라보며 긴 한숨을 토한다.
아프로디테의 철부지 연인 아도니스

그윽한 마음이 내 심장을 관통한다.
짐짓 모른 척 애써 외면한 나도 철부지

불길한 예감은 왜 꼭 들어맞는지
그녀의 염려대로 붉은 피의 아도니스

내 머릿속과 나의 눈동자엔
그의 염려와 사랑이 담겨있다.

아네모네는 아프로디테의 눈물
절절한 아픔과 비극으로 막을 내린

아네모네는 눈물로 빚어진 꽃이지만
내 인생의 꽃은 웃음으로 피어나리!

장미의 유혹

장미가 유혹한다.
형형색색의 착복식을
마친 장미는
저마다의 색감으로
자신을 어필하고
여기예요.
여기서 추억을 남기세요.
유혹에 못 이겨
여기서 한 컷
저기서도 한 컷
한참을 장미 동굴을 거닐다
툭 하고 꽃잎이
내 입술을 덮쳤다.
에잇,
너의 정체가 무엇이냐?
남자면 게 섰고
여자면 물러서거라!

절정

하얀 담장에 푸른 이파리는
강렬한 꽃잎을 극대화 시키고
행인의 시선을 사로잡는다.

은은하게 울려 퍼지는 향기는
천 리 밖까지 후각을 자극하고
지금 이 순간 절정의 정점을 찍고

화려했던 짧은 생애를 기억하며
아름다운 진혼곡을 불러주리라
환희를 선물하고 토혈하는 널 위하여!

축제가 끝나고 난 후

장미를 만나러 간 그곳
이미 축제는 파하고
화려했던 꽃을 폐기하는
손길들이 분주하다.

시선들의 사랑을 받다
포대 속에 버려진 꽃들
찰나의 사랑을 받으려
수많은 밤을 지새웠는가!

세월은 속절없이 흐르고
얼굴엔 주름 꽃 머리엔 흰 꽃
그대 장미처럼 만개했을 때
사랑을 받았는가? 그 꽃처럼

버려진 장미의 잔해를 보며
화무십일홍 권불십년을 절감하며
다소곳한 화란 자운영과 함께
웃고 떠들며 담소를 나눴다
장미 차 한 잔을 나누며.

철쭉 동산

군포가 조성한 철쭉의 향연
새파란 하늘과 분홍빛 언덕
수많은 인파 속에 나 또한 합체

철쭉은 날 보며 방긋 웃지만
절정을 지난 최후의 이별
가녀린 꽃잎이 파르르 떠네

화답 시로 난 장관을 노래하고
사람들의 웃음소리 셔터 소리
상춘객들 사이에 함께 웃음꽃

카메라는 신명 나 꽃향기 담고
철쭉과 도란도란 담소 나누며
추억을 남기려 취하는 포즈

꽃 계단

꽃집에서 예쁜 아이들이 손짓한다.
날 데려가세요.
당신께 기쁨을 드릴게요.
저도 예쁘지요.
저도 귀여워요.
데려가 달라고 아양 떠는 아이 중
난 간택을 한다.
나무 쑥갓으로 불리는 마가렛
가을까지 눈이 즐거운 핑크빛 사피니아
함박 웃음꽃 데모루

차렷! 계단으로 일렬종대
밀렸던 숙제를 마친 듯
속이 후련하다.
뿌듯하다.
작은 화분에 나란히 귀여운 모습
물뿌리개에 물을 담아 흠뻑 뿌린다.
그리고
스마트폰에 사랑을 담는다.

하늘 향한 우리의 발걸음도
꽃 계단으로만 이어졌으면...

목련은 지고

아기 속살처럼 하얀 꽃잎
그리워 그리워서 기다린 일 년

그러나 절정의 순간에
난 우물쭈물

제대로 된 해후도 못 한 체
낙화한 꽃잎만 밟았다.

그리움은 빗물 되어 흐르고
목련과 함께 떠난 사랑

내년엔 만날 수 있으려나
우유부단한 내 마음
탓하며 탓하며

내년에는 꼭 환한 목련을 맞이하리
임을 맞이하리

게으른 날 탓하며.

꽃이 아름다운 건

빨간 옷 입었다.
꽃밭에 앉으니 무색하다.

빨간 옷으로도 압도할 수 없는 꽃
꽃들

하나 난 말하지
네가 아무리 잘난 척해도
넌 꽃에 불과 하다고

난 널 붓으로 좌지우지할 수도
너를 지배할 수도 있는 인간이라고

그러나 넌 말이 없다.
꽃이 아름다운 건, 말없이 발산하기 때문이다.

봄비

봄비가 흩날린다.
대지가 춤을 춘다.
메마른 땅에 갈증
시원한 물 마시니
움츠렸던 꽃망울이
활짝 웃는다.
형형색색 많은 꽃
즐겁게 수다 떨고
마실 나온 참새 가족
잔치를 벌인다.
지나가던 봄바람
살랑살랑 춤을 추고
나도 좋아 비 맞으며
꽃 맞이 간다.

천변 풍경

매화 소문 무성하여
매화 거리 찾아갔다.

프레임에 너를 담고
나도 한 컷 찍는다.

용답에서 신답까지
웃는 네가 어여쁘다.

혼자 걷는 사람들도
데이트 나온 연인도
모두가 행복한 표정

작고 귀여운 야생화
지천으로 피어있고

유유자적 청둥오리
금실 좋은 백로 부부

할매는 무얼 캐고
할배는 쳐다보고

청계천 박물관엔
구보 씨의 천변 풍경

나의 천변 풍경은
현재 진행형

수선화

호숫가 다붓이 고개 숙인 수선화
수줍은 듯 아닌 듯 보일 듯 말 듯
연못가 사랑에 만취한 그대

여보세요! 나르시스 님
당신을 사랑하는 제가 왔어요.
저의 사랑을 받아 주세요.

에코의 사랑을 외면한 그대
꽃 향 실은 미풍이 찾아와도
목소리 명랑한 꾀꼬리가 와도
자신만을 사랑한 자아도취

여보세요! 수선화
전 이제 당신께 갈 수 없어요.
당신이 저의 사랑을 외면해서요.
전 메아리가 되었거든요.

수련

청초한 너의 모습
귀엽고 앙증맞다.
크고 아름다운 연꽃에 파묻혀
넌 수줍은 듯 숨어 있지만
연꽃보다 강렬한 꽃잎
은은한 향기 그윽한 너의 유혹
난 이끌리고 말았다.
청순한 마음
고귀한 순결
해가 뜨면 방긋 웃다
해가 지면 오므리는
수련,
수려한 외모
청순한 마음씨
너의 지조에 너의 절개에
난 마음을 빼앗겼다.

상사화

상사화가 피었소.

그리워 그리워도 말 못 하고
보고 싶어 보고 싶어도 참아야 하는
기다려 기다리라 하여 그리하였더니

잘 있으란 말 한마디 아니 남기고
구름을 바람을 타셨소이다.

손이 있어도 발이 있어도
아무 몸짓 못 하고
아무렇지도 않은 양

마음엔 비가 내려도
그저 쓸어내리기만 하겠소.

깨끗이 깨끗이 빗자루질하겠소
빗자루질 잘못하여 티가 남거든

한 송이 상사화 되어 고이 간직하리다.
겨울에 피는 상사화를 보거든
저인가 생각하소서!

밤꽃 향에 취하여

기억도 가물거리는 임 생각에 잠이 오질 않습니다.
그리 매정하게 떠나시니 마음이 편하신가요?
이 깊은 밤 사색에 잠겨 잠 못 이루니
멀리서 들려오는 밤꽃들의 재잘거림에
그저 그저 사무칩니다.

밤바다 물결은 은은한 향을 전해주며
나의 뺨을 어루만져 줍니다.
그리곤 속삭이네요. 울지마라 울지마
향기로운 그 시절을 아름다움으로 간직하렴.

멀리서 들려오는 밤꽃 향에 전 마음을 달랩니다.
당신은 떠나셨지만, 전 보내질 못하였습니다.
이젠, 이제는 정말 당신을 보내야겠습니다.
그리움의 밤은 퇴색되는 낙엽이 됩니다.

검붉은 이 밤 밤꽃 향에 취하여
이젠 편한 잠을 청하렵니다.
그리고 기도합니다.
내일이면 제 머릿속이
하얀색으로 가득 차게 하여주옵소서!

들꽃

나는 한 송이 들풀이라오.
이리 치이고 저리 치이는
이름 없는 들꽃이라오.

많은 사랑 아니 받아도 난 좋소.
많은 눈길 못 받아도 나는 행복하다오.
내겐 날 사랑해주고 가끔 찾아와
내 동무가 되어주는 작은 소녀가 있다오.

짓밟고 지나가도 괜찮소.
난 다시 일어날 수 있는 생명력이 있으니
넓은 들에서 산모퉁이 바위틈에서
난 내일을 꿈꾼다오.

예쁘고 작은 소녀가
내게로 찾아와 사랑을 속삭여 주기를.

서리꽃

무수히 뿌려놓은 은빛 가루

뒷동산의 금강송
시냇가의 버들가지
보석보다 반짝이는 백화

세상 어느 꽃보다
화사한,

광선이 내리꽂히면
더욱 영롱한 서리꽃

장미보다 아름답고
설화처럼 신비로운
신이 주신 최상의 선물

순간을 장식하고
길 떠나는 서리꽃
영원을 향한 마음속 울림

4부 : 아름다웠다 말하리!

향기가 보인다.
난 그저 장미의 빨간 향이 좋고
찔레꽃, 아카시아나무 꽃의 하얀 향기가 좋다.
그것들은 자연이 뿜어낸 향기
자연의 향기는 영혼을 정화 시킨다.

날개

내 이름은 돌고기
작년 여름 신탄리 다리 밑에서
피라미 무리와 오랏줄에 묶였소.
매운탕 속에서 간택을 받아 박제가 되었소.
비원도 부질없어 난 여자를 사랑하기로 했소.

냉동고에 넣어놓고 내게 뽀뽀해 대는 그녀
여자가 술 한잔하는 날이면 무한 사랑을 받소.
왜 그런지 아시오? 난 그녀가 좋아하는 돌고기
박제가 된 나는 행복하오. 꿈을 꿀 수 있으니

내 옆구리가 며칠 전부터 근질근질하오.
내가 꿈을 꾸기 시작하면서부터 라오.
독수리가 창공에서 나래 펴고 비상을 하듯
멋진 날개 달고 강가에서 힘찬 유영을 꿈꾸는
나는 행복한 박제 물고기

화려한 변신

곳간에 들락거리는 생쥐 마냥
내 발길이 경이로운 설렘에 분주하다.
이경에 시작되는 문의 화려한 변신
환한 보름달 주위로 달무리 무성하고
성능 엉망인 스마트폰으로 요리조리
자리를 잡고 구도를 맞춘다.

드디어 개기 월식이 시작되고
열심히 실시간으로 찍어서 단체 카톡에 올린다.
한 시간여의 개기 월식이 끝나고
다시 역으로 펼쳐지는 우주 쇼
블러드문의 대장관

노란 얼굴에 빨간 볼 터치를 하고
삼십오 년 만의 화려한 외출에 나선다.
환호성이 터지고 일생에 한 번 볼까 말까 한
황홀경에 어찌할 바를 모르고 보고 또 본다.

정서와 여유가 메마른 인간 세상에
하룻밤의 화려한 대장관을 연출하고
말없이 스러지는 한여름 밤의 꿈처럼
빨간 달님은 치맛자락 휘날리며
저 멀리 어둠 속으로 사라져 버렸다.

멋진 인생

노랑진 수산시장 세 자매와 한 남자
활어 한 마리 신중하게 간택하여
하하 호호, 위하여 술잔이 넘실댄다.

오늘은 특별한 날
회상에 젖어 발걸음도 가볍게
명동거리를 활보한다.
세 자매 중 우두머리가 2차를 외친다.

일흔 해 아이 넷 낳고 빌딩 사고
전망 좋은 곳에 땅뙈기 사고 별장 짓고
무탈하게 살았으니
얼씨구 절씨구 지화자 좋구나!

함박눈 내리는 명동의 밤거리를
세 자매는 흔들리는 리듬에 맞춰
깔깔깔 크게 웃어본다.
이만하면 멋진 인생 아닌가!

아름다운 날들이여

포근한 품속에서 꿈을 꾼 듯
기억의 저편 손 흔드는 잔상
사랑과 행복이 가득했던 날들

살랑이는 봄바람을 품에 안고
작은 꽃 한 송이 들고 내게로 온
꿈결처럼 지나간 소중한 추억

작열했던 태양처럼 뜨거운 열기
여름내 불타는 가슴 정열의 불꽃
너와 나는 뜨거운 포옹을 했음에

울긋불긋 물들인 산야에 취하고
한 잔의 곡차에 취하는 우리의 삶
아름다운 환희의 찬가를 부르노니

아! 이 겨울도 그리 춥진 않으리라!

벽화 그리는 남자

흩날리는 낙엽
가을을 타고 온 그 남자
난 그 멋진 남자를
우연히 보았다.

회기동 안녕마을
골목길에
벽화를 그리는,
모자를 푹 눌러쓰고
찢어진 청바지
허리에 장비를 걸친
그 남자를 보았다.

예술가의 혼을 담고
감히 범접할 수 없는 포스를 발하며
밑그림을 그리는
그 남자를 잊을 수 없기에

난, 그 골목을 날마다
서성거려 봤지만
그 남자는 보이지 않았다.

오죽헌

오죽헌을 갔다. 사임당을 뵈러
그 옛날 사임당의 흔적은 일부

관광객을 현혹하는 넓은 공간들
오죽헌엔 오죽 또한 부실하다.

사임당은 출타하시고
율곡의 어머니만 계시다.

난
율곡의 어머니를 뵈러 간 게 아니다.
사임당
한 여인의 위대함을 뵈러

그곳엔 남성 우월주의 사상이
내재 되어 있는 곳

몇 십 년을 존경하고
그리워했던 그녀

다행히 박물관에 보관된 멋진 작품들
그것으로 만족할밖에.

그녀의 환한 웃음

깊은 골짜기를 거닐던 그녀가
온 힘을 다해 밝은 빛 빛나는
꼭대기를 향해 고군분투합니다.
강인한 정신력으로 갑옷을 두르고
신께서 주신 창과 방패로
병마와 싸워 승전고를 울립니다.
어느 날
그녀에게서 전화가 왔습니다.
죽음의 문턱에서 싸워 이겼지만
아직은 활동에 제약이 많은데
밥 한 끼 해주겠노라고.
눈물겹게 고마운 일이지요.
그녀의 환한 웃음소리는 메아리 되어
귓전을 맴돕니다.
제가 정열의 빨간 장미 한 다발
안겨 드릴게요.
마음 고운 시인 언니

비익 연리

비익조
날개가 하나라 하여 슬퍼 마오.
나 또한 그러하니
그래도
그댄 함께 날 수 있는 짝이 있지 않소

비목어
눈이 하나라 하여 슬퍼 마오.
나 또한 그러하니
그래도
그댄 함께 헤엄칠 수 있는 짝이 있지 않소

연리지
그댄
참 좋겠소
죽음까지 불사하며
하늘의 허락하심을 받아
하나가 되었으니 말이오.

태움

아! 슬프다. 아까운 청춘
불꽃같은 열정으로
십 대를 열심히 불타는 밤을
지새우며 목적을 달성했지
내 청춘은 장학금과
아르바이트로 썩어 갔지만
난 희망이 있어 견딜 수 있었네.
울 엄만 베이비붐 세대
고생 고생하여 그 맘 알기에
난 열심히 공부하며 아르바이트했지
그러나 이게 뭐야
난 중환자실 간호사
태움이라니
난 할머니 할아버지
똥냄새가 구수해
목욕시켜 드리고 귀 후벼드리고
처음엔 가시는 분들 보면서
충격도 받고 무서워서 울기도 했어
근데 난 지금 샌드위치
태움 때문에 날마다 울지
물 한 모금 마실 시간도 없어
화장실 갈 시간도 당연히 없지

밥? 밥이 뭐야?
난 녹초가 돼 연애도 할 수 없어
순번을 정해서 임신하라고 해
결혼도 할 수 없어
아이 낳고 출근하면
내 자리는 없어져
그게 현실이야
더 큰 문제는 태움이라는
관행이지
그 관행을 깨는 일, 내가 알려줄까?
미국은 간호사가 한 명 당 환자 다섯 명
그러나 대한민국은 이십 명
그게 문제야
그 관행을 깨면
이 우라질 태움은 없어질 거야
일자리 창출 운운하지 말고
있는 애들이나 잘 건사하세요.
그리고 어렵게 공부한 애들을
병원에 다시 오게 하면
시간이 여유 있어 물도 먹고 화장실도 가고
그러면 태움은 자동 없어질 겁니다,
그리고 환자들께도 친절할 수 있고요.

내 친구의 일기

우정

참된 우정은
양귀비처럼 매혹되지 않고
장미처럼 화려하지도 않답니다.
다만
우리 마음속에
영원히 간직되는
흰 박꽃과도 같답니다.
(누군가의 시를 인용했을 듯)

나는 이런 시를 다시 한번 새겨보면서
참된 친구와 영원한 친구가 되기를 빌며
정애와 더욱 친해질 것을 다짐한다.
(1978년 3월 10일 금요일) 박현숙

중학교 다닐 때 내 짝꿍이었던
나의 소중한 친구가
쓴 일기를 40년 만에 만나서
내게 카톡으로 보내온 소중한 글이다.
일기장 한 권이 전부 날 위해
썼다 하니 난 해줄 것이
이것밖에 없다.
현숙아! 사랑해.

네가 왔다

아가야 네가 왔구나
온갖 꽃이 만발할 때
너도 왔구나
따스한 봄날
꽃을 찾아 날아온 나비처럼
엄마 찾아 아빠 찾아
먼 길을 잘 찾아왔다.
복사꽃 같은 발그레한 얼굴
귀엽고 사랑스럽다.
씩씩하게 자라렴
튼튼하게 자라렴
목련처럼 순수한 심성 닮아
많은 이들에게 웃음 주는
아이가 되렴
귀여운 아가야

담쟁이

설레다 너를 만났다.
이리 반가운 것을
이리 즐거운 것을
알았더라면 알았더라면
주저하지 말았어야지

우린 참 바보 같았다.
너도 그렇고 나도 그렇다.
보기만 해도 웃음이 나고
보기만 해도 즐거운 것을
너와 나는 담쟁이

서로 좋아 놓아 주지 못해
얽히고설키는 운명인 것을
가을이면 불타는 열정으로
농익은 사랑을 하자

우리 이제 담쟁이가 되자
나는 너에게 너는 나에게
서로의 힘이 되는
담쟁이가 되자.

제목 : 담쟁이
시낭송 : 김이진
스마트폰으로 QR 코드를 스캔하면
시낭송을 감상할 수 있습니다.

불놀이

차디찬 심장을 불태운다.
묵었던 체증이 내려간다.

이제 새로운 희망이 밝았으니
우리 모두 기쁨의 함성을 지르자.

달이 뜬다. 대명천지가 밝아 온다.
운무를 헤치고 두둥실 떠오르는 만월

달님께 우리 민족 염원 담고
불꽃에 나의 소원 빌어 본다.

형형색색 각양각색의 모양으로
창공에서 불꽃이 춤을 춘다.

함성과 함께 타오르는 정열
폐부 속 케케묵은 감정이 정화된다.

풍요하지 않아도 내게 있는 것 나눔하고
더러운 모든 불순물 기쁨으로 정화하자

자! 이제 희망찬 미래가 열렸으니
꿈과 목표를 향하여 힘차게 도약하라!

제목 : 불놀이
시낭송 : 박영애
스마트폰으로 QR 코드를 스캔하면
시낭송을 감상할 수 있습니다.

자운서원

자운산 끝자락 조용한 곳
경기도 파주군 율곡리
그분 호의 출처가 발현한 곳
검은 대나무 그득한 그곳은
소리 소문 무성하나
자운서원 이곳엔 말없이
묘소가 자리한 곳
입구에 들어서면
두 분 동상 날 반기고
박물관엔 사임당과 이매창의 예술혼
언덕배기 올라가니
사임당 내외의 묘소
더 위에 율곡 이이의 묘소
의아했지만, 네이버 양에 물어보니
뛰어난 업적을 이룬 분은
그럴 수가 있다나
360년 된 느티나무에서 한 컷
어린 시절엔 이곳에서 학문을,
나이 들어 제자를 양성했다는 곳
가을이면 나무들이 색동옷 입어
절경을 자아낸다 하니
가을에 다시 한번 오리라!
그분과 새끼손 걸어 약속한다.

겨울날 창경궁에서

겨울 꽃 소담히 내리던 날
골목길 돌담길 돌고 돌아
세 여자는 홍화문에 들어선다.

재건된 전각 사이 금천이 흐르고
멋스러운 궐의 솟은 처마
백설 덮은 노송이 장엄하다.

여긴 문정전 저긴 명정전
몇 백 년 전부터인지 모를
느티나무가 지킴이로서 위엄 있다.

온 천지 하얀 고궁에는
셔터 소리와 세 자매의
웃음소리가 넘실거린다.
하하 호호

언니들은 서열대로
대왕대비
중전마마
난 무수리

"네 이년 네 죄를 네가 알렸다!
뭣이라! 종아리를 걷어라. 이년!"
둘째 언니의 성대모사다.

따스한 해님은 우릴 향해 방긋 웃고
고궁의 옛 여인들도 하늘에서 웃는다.
다 늙은 여자들의 노는 모습이
가소로운 탓일 거다.

옛 궁궐의 여인들은 모두 가고 없는데
세 자매는 아스라한 구중궁궐로 돌아가
사뭇 즐겁다.

향기 품은 세상

냄새가 풍긴다.
길거리 낯선 여자의 향수
우연히 들른 가게의 향초
담배 연기, 고기 냄새 뒤엉킨 방향제
인공적인 것들은 인간의 몸을 병들게 한다.

향기가 보인다.
난 그저 장미의 빨간 향이 좋고
찔레꽃, 아카시아나무 꽃의 하얀 향기가 좋다.
그것들은 자연이 뿜어낸 향기
자연의 향기는 영혼을 정화 시킨다.

향기를 느낀다.
푸름과 잿빛이 공존하는 세상
인간의 탐욕으로 얼룩진 세상
사랑의 부재로 아수라인 세상
따스한 손길로 어루만져야 한다.

우린, 절대자께서 서로 사랑하라.
네 이웃을 네 몸같이 사랑하라 하셨으니
사랑의 향기를 발산해야 한다.
아름답고 부드러운 향기를
맡아도 맡아도 그저 좋은 하늘빛 향기를

뮤즈의 부재

뮤즈가 여행을 떠났다.
괴나리봇짐을 짊어 메고
조롱박에 술 한 되 담고
긴 지팡이 한 손에 짚고
언제 온다는 말도 없이
다시 돌아온다는 말 없이

뮤즈가 여행을 떠났다.
선혈 같은 장미를 보아도
하늘 솟은 메타세쿼이아를 보아도
발밑에 나뒹구는 낙엽을 보아도
온 천지 뒤덮은 설화를 보아도
노래할 수도 춤을 출 수 없다.

뮤즈가 여행을 떠났다.
이젠 긴 여정의 뒤안길에서
달뜬 웃음 머금고 달려오시길
불꽃의 가슴으로 명경의 얼굴을 하고
다시 노래하며 춤출 수 있길
두 손 모아 기도하며 단잠을 청한다.

바람처럼

천둥처럼 다가온 그대
수많은 만남의 부류가 있듯
형형색색의 색깔과 모양
그중에 한 번도 경험하지 못했고
느껴 보지 못했던 가슴속 울림

다정했던 속삭임 자상한 몸짓들
모두 다 이곳에 남겨두고
그리 급하게 가셨군요.
귀띔이나 해줄 것이지
매정하게 구름을 타셨나요.

가을은 아직 남았건만
들꽃에 물어보아도
바람에 물어보아도
모두가 모른다 하더이다.

아! 천둥처럼 왔다가
바람처럼 사라진 임이여!

따스한 손

유난히 따스한 당신의 손이
저의 차가운 손을 녹여 줄 수 있을 것 같아
그저 좋았습니다.

차가운 저의 손이 부끄러워 뒤로 감춘 적도,
뿌리치듯 잡아 뺀 적도 있었지만,
그건 저의 속내가 아니었습니다.

그러나 따스했던 당신의 손에게 안녕을 고합니다.
제 마음과 손을 녹여 주지 못했기 때문입니다.

봄 향기보다 따스한 손길이
절 품어주십니다.
저의 차가운 마음과 얼음장 같은 손을
녹여 주실 손입니다.

하늘보다 높고 태양보다 뜨거운 사랑의 손이
두 팔 벌려 절 안아주십니다.
제 손도 따스해지겠지요.

그댈 만난 건

그대를 만난 건 하늘의 뜻이었어요.
무수한 별과 같이 많은 사람 중에
어찌 그대를 만날 수 있었는지
이제야 그대의 모습을 느낄 수 있었다는 것에
나의 무감각과 둔함에
이제야 그대의 아픔을
조금 아주 조금 알 수 있음에.

그동안 얼마나 아팠을까?
혼자서 외로웠을까?
이젠 내가 있으니 혼자 울지 마세요.
힘들고 외로울 때 내 어깨 빌려줄게요.

아무에게도 하지 못했던 말
누군가에게 하지 않고는 견딜 수 없었던 말
그대에게 진실을 토하고 나니
후련하기도 하고 후회스럽기도 하지만
묵묵히 들어준 그대

이젠, 내가 울고 싶을 때
그대 울고 싶을 때
우리 서로 어깨를 빌려주기로 해요.
우린 친구이니까.

봄바람 잠든 날 깨우다

해 질 녘 속삭이는 바람 소리에
부스스 눈을 뜨는 대자연

저 산 넘어 피어나는 아지랑이
아름다운 선율
봄바람이 보낸 작은 전주곡
봄비도 영롱한 춤을 추리라.

동면인 친구들
하나둘 두 팔 벌려 기지개를 켜면
귀여운 종달새 환희의 노랫소리

나뭇가지 작은 눈들의 용트림
꽃 피울 준비를 하나니
자연도 나도 봄맞이할 설렘에
행복한 기다림

봄바람이 불어오면
잠든 난 기지개를 켜리라.
봄바람이 불어오면
나는 봄 처녀가 되리라.

야망

하늘도 울었고
땅도 울었다.
우리 모두 울었다.

인생은 잠시 왔다가는 안개
야망을 품고 태어나
한나라에 정열을 바치고
가신 임이시여!

생과 죽음은 한 조각 뜬구름
우린 무엇을 위해 아귀다툼하며
돈과 명예에 자유롭지 못하는가?

사랑도 미움도 부질없는 것
솔로몬의 부귀영화도
헛되고 헛되다고 고백하지 않았던가!

올 때도 빈손이요.
갈 때도 빈손인 것을
서로 용서하며 사랑할 수는
없는 것일까?

우리 서로 보듬어주며
아픈 곳을 매만져주며
서로서로 사랑할 수 있기를
임이시여 부디 행복하소서!

빛과 소금

세상의 빛이 되라 하시네.
어두운 구석구석을
비취는 한 가닥 빛
내 몸을 불살라
온 방을 밝히는 촛불처럼
나를 희생시켜
세상의 빛이 되라 하시네.

세상의 소금 되라 하시네.
부패하여 변질한 세상
썩어질 것들을
막아주는 방부제처럼
나를 희생시켜
세상의 소금 되라 하시네.

신기루

망망대해와 같은 사막
저기 저만치 신기루의 손짓
달려가 보지만,
그곳에 신기루는 없다.

드넓은 들판
저 언덕 너머의 낙원
또 달려가 보지만,
그곳엔 가시와 엉겅퀴가 사는 곳

인생이란 그런 것
찾아도 찾아도 찾을 수 없는 것
걸어도 걸어도 끝이 없는 길
물어도 물어도 해답이 없는 메아리

난 단잠을 자고 싶다.
밤을 지새우며 그 답을 찾고 싶지 않다.
물이 흐르는 대로 바람이 부는 대로
그냥 맡겨야지

신기루는 허황한 꿈

유토피아를 꿈꾸며

김정애 시집

초판 1쇄 : 2018년 6월 12일
지 은 이 : 김정애
펴 낸 이 : 김락호
디자인 편집 : 이은희
기 획 : 시사랑음악사랑
인 쇄 : 청룡
연 락 처 : 1899-1341
홈페이지 주소 : www.poemmusic.net
E-Mail : poemarts@hanmail.net

정가 : 10,000원

ISBN : 979-11-6284-020-7